Mirelle HDB

Chroniques Confites

Journal de confinement

Copyright © 2020 Mirelle HDB
Tous droits réservés.
ISBN 9782322255627

Couverture : G@sparine2Min / conception, mise en page : Mirelle HDB
Photo : collection de l'auteure

« Le code de la propriété intellectuelle interdit les copies ou reproductions destinées à une reproduction intégrale ou partielle faite par quelque procédé que ce soit, sans le consentement de l'auteure ou de ses ayants droits ou ayant cause, est illicite et constitue une contrefaçon, aux termes des articles L.335.2 et suivants du Code de la propriété intellectuelle. »

Éditeur : BoD-Books on Demand
12-14 rond-point des Champs-Élysées, 75008 Paris
Impression : Books on Demand, Norderstedt, Allemagne

Dépôt légal : octobre 2020

AVANT–PROPOS

Amies, amis, concitoyennes, concitoyens de confinement, voici mon ressenti, jour après jour, de cet enferment pas tout à fait volontaire. Suivez-moi dans mes délires, mes élucubrations, mes rêves farfelus qui me fournissent toujours plein d'idées, mes coups de gueule.

Bref, bienvenue dans la tête Mirelle HDB.

Confinement jour 1

Lost in translation

Je ne sais pas ce qui se passe !

Est-ce que l'angoisse que je ressens à cause du confinement me fait voir des choses qui ne sont pas réelles ?

J'ai des palpitations, l'impression que ma cage thoracique se resserre sur mon cœur et j'étouffe. Il fait nuit noire dehors, mes yeux sont grands ouverts et pourtant je ne vois que du blanc. Est-ce que je suis tombée dans les pommes ? Ai-je déjà attrapé ce satané virus au nom barbare ? J'avance dans ce blanc immaculé à la composition cotonneuse.

Soudain, une voix caverneuse s'élève tout autour de moi et me dit :

— Mirelle, en 1979 tu as volé un rouleau de papier de toilette dans les w.-c. du restaurant « le petit coin-coin », alors que tu n'en avais pas besoin. Ce n'est pas bien !

— Mais qui me parle ?

Cela ne peut pas être Dieu puisque je n'y crois pas ! Il me ferait la morale pour un rouleau de PQ vieux de 41 ans, que j'avais dérobé, car mon cousin avait parié avec moi que je n'étais « pas cap ! ». N'a-t-il pas d'autre chat à fouetter ?

— Je sais ce que tu penses, mais je ne peux pas être partout, un seul méfait à la fois !

— Vous n'êtes donc pas omnipotent ? Et puis excusez-moi, mais dérober un malheureux rouleau alors que certains tuent pour le plaisir. Non, mais vraiment ! Vous êtes tombé sur la tête ?

— Non, mais je ne m'en sors plus avec vous autres les humains. Vous me donnez trop de travail. Alors, je délègue à mes anges pour qu'ils me fournissent des petites affaires de rien du tout, afin me distraire de toutes les horreurs que tes concitoyens perpétuent sans répit ! Vous me fatiguez ! Bon Diable !

— Sans vous offenser, votre création laisse vraiment à désirer !

— Oui, je sais, j'avais eu peu trop fumé les nuages ce jour-là et depuis vous me hantez. Je n'arrive plus à me reposer, je ne sais plus quoi faire. Et ce n'est pas par manque d'imagination. Ma dernière invention pour vous décimer, que vous appelez Covid-19, je n'en suis pas peu fier.

— Je ne sais que vous répondre. Vous avez raison, nous ne sommes que des abrutis finis. Nous vandalisons la terre, notre mère Nature à tous, nous sommes égoïstes et cela ne s'arrange malheureusement pas avec le temps.

— Tu me comprends donc. Que ferais-tu à ma place ?

— Déjà, je ferais en sorte qu'il y ait une vraie égalité entre les femmes et les hommes et je leur ferais sortir de la tête cette idée débile que la femme vient de la côte d'Adam ! Non, mais franchement !

— Ah ça ! Je sais bien, c'est une erreur de traduction « Lost in Translation » comme le film.

— Vous devriez prendre des vacances, partir sur Vénus, Pluton ou une autre galaxie et allez voir ailleurs si vous y êtes et nous laissez nous dépatouiller avec ce virus. Parce que lorsque les gens sont vraiment dans la merde, ils ont tendance à être un peu plus fraternels, à s'entre-aider et à devenir moins égoïstes.

La voix caverneuse devient de moins en moins audible et le bruit d'une sirène de police me sort du sommeil. Encore un rêve trop bizarre !

Confinement jour 2

Et si nous faisions rimer confinement avec enrichissement ?

Nous voilà donc Confinés, « emprisonnés », « en guerre » !

Que de grands mots pour faire monter encore plus ce climat anxiogène.

Pourtant il faut garder confiance en soi et en l'avenir.

Croire en notre **O**riginalité,

car de **N**ouveaux horizons se présentent à nous.

Ne passons pas à côté d'un renouveau de solidarité.

Cette crise nous permettra de retrouver notre humanité,

perdue sur l'autel de la surconsommation et du chacun pour soi.

Ayons **F**oi en un avenir plus serein et plus sain !

Lorsque nous sortirons, guéris et confiants, promettons-nous de nettoyer la nature des océans de plastique et de ne plus entasser des tonnes de pâtes et de PQ !

Alors, avec notre l**I**berté retrouvée, occupons-nous le mieux du mo**N**nde,

écoutons nos r**Ê**ves, même les plus fous.

Profitons pour **M**éditer au lieu de médire.

D'**É**couter avant de juger.

De s'e**N**traider au lieu de s'enfoncer.

Nous avons tous des **T**alents cachés.

Et si confinement rimait avec enrichissement ?

N'ayons plus peur d'être nous-mêmes,

d'être créatifs, de chanter, de danser et de s'aimer.

...pour l'instant à un mètre de distance et avec des gants bien sûr !

Confinement jour 3

S'il savait

Je me souviens de la sensation du dernier verre de ce vin blanc moelleux que j'ai pris avant de venir ici.

C'était onctueux, du velours qui coulait sur ma langue, dans mon palais jusqu'au fond de ma gorge.

C'est alors qu'une sensation de chaleur me submerge.

Je suis rattrapée par le ploc ploc du robinet qui goutte. Il envahit mes pensées jour après nuit.

Je deviens dingue dans cette taule qui pue la mélasse.

Celui qui passe toutes les heures pour être sûr que je suis encore en vie, que je souffre toujours du manque d'air, du manque de nourriture, du manque de ciel bleu, du manque de tout, me regarde d'un œil torve.

S'il savait…

Moi, je ferme les yeux et les oreilles à cette misère et je m'en vais malgré mes entraves.

Je n'ai pas besoin de vous, je suis libre malgré tout.

Libre dans ma tête, libre de rêver ma vie.

Libre de goûter aux mets les plus délicats, de les imaginer dégoulinants de saveurs lointaines, chaudes, sucrées, épicées. Libre de laisser couler ce jus sur mon cou, sur mes seins qui se dressent de plaisir. Je respire mon odeur au creux de mes poignets, cette odeur qui se mélange au miel et à l'alcool et m'enivre de plaisir. Des bras inconnus et multiples me caressent, des paroles lubriques et joyeuses me font oublier où je suis et font ruisseler un tout autre nectar.

Le bruit des bottes contre le métal froid de ma cage me sort de ma rêvasserie. Je lui souris. S'il savait. Si vous saviez.

Vous pouvez tout me prendre, m'enfermer pour la vie, ma liberté c'est mon imagination.

Texte ancien mais de circonstance. La liberté est en nous ! Texte vainqueur du concours Tremplin 2018 - Catégorie 1 minutes

Confinement jour 4

Vendredi lecture

Pour tenir le coup du confinement, je vous propose des livres de ma bibliothèque, des livres qui font voyager qui dépaysent et qui parfois bouleversent : 20 mars 2020

Tous les mots gras et en italiques sont des titres de romans ou de leurs personnages. Le nom des auteurs se trouve à la fin du texte.

Je vais vous parler d'une ***Lovely Story***. Elle se passe ***sur la route***, sous ***le soleil des Balkans***, à l***a plage***, ***dans les forêts de Sibérie***, à ***Tombouctou,*** mais encore ***sous les vents de Neptune*** ou ***into the wild***.

Cette histoire est ***un petit traité de l'immensité du monde***. Cette ***Lovely Planète*** que nous pensons avoir le *droit de tuer* nous dit : « *je suis fatiguée* de vous ». Alors que nous sommes confinés, mais pas encore *dans l'archipel du Goulag*, il nous faut rêver comme *les voyageurs parfaits* à *l'extraordinaire voyage du fakir qui était resté coincé dans une armoire IKEA* ou à *vingt mille lieues sous les mers.*

Les personnages de ces *histoires extraordinaires* pourraient s'appeler *Martin Eden, Knult, Siddharta* ou encore, *Élisabeth Bennet, Lisbeth Salanger, Alice [au pays des merveilles]* mais aussi *la Marquise de Merteuil, Jo March* et *Walden [ou la vie dans les bois]* Quel *usage du monde* voudrons-nous demain ? Quel est le rôle *de la musique du hasard* ? Laissons de côté nos *orgueils et préjugés*, car *ce qui nous oppose* pourrait être *ce qui nous unit.* Devenons *des guerriers pacifiques*, inventons *des villes invisibles*, recherchons le *jardin arc-en-ciel*, loin de *la planète hurlante* et rejoignons-nous, une fois sauvés, *au restaurant de l'amour retrouvé*.

En ce *vendredi ou la vie sauvage*, nous sommes les *fourmis* plus dans la *Berezina* que dans *l'empire des anges*. Trouvons alors notre *Alter Ego* au lieu d'être comme le *loup des steppes*. Soyons un peu *alchimistes* et parce que *la téléportation est un sport de combat* ne restons pas *seuls dans le noir,* mais ne sortons pas pour ne pas finir comme le *mec de la tombe d'à côté*. Pourvu que ces *vingt-quatre heures de la vie d'une femme* ne soient pas *éternelles* et que l'on puisse se reposer, bientôt, *à la palmeraie de Marrakech*. Je vous livre *l'ultime secret* : *Prends soin des étoiles,* de toi et des autres ! Mais ne reste pas à découvert, car sinon nous ne serons plus *bienvenus au paradis*. Je le sais de source sûr, car *Dieu est un pote à moi*.

Table des matières :

Mirelle HDB : *#Love(ly) Story, Lovely Planète, Prends soin des étoiles*
Jack Kerouac : *Sur la route*
Alexandre Sredojevic : *Le soleil des Balkans*
Alex Garland : *La plage*
Sylvain Tesson : *Berezina, petit traité de l'immensité du monde, dans les forêts de Sibérie*
Paul Auster : *Tombouctou, seul dans le noir, la musique du hasard*
Fred Vargas : *Sous les vents de Neptune*
John Krakauer : *Into the wild*
John Grisham : *Le droit de tuer*
Denis Laferrière : *Je suis fatigué*
Alexandre Soljenitsyne : *L'archipel du Goulag*
Marie Havard : *Les voyageurs parfaits*
Romain Puertolas : *L'extraordinaire voyage de fakir qui était resté coincé dans une armoire IKEA*
Jules Verne : *Vingt mille lieues sous les mers.*
Edgar Allen Poe : *Les histoires extraordinaires*
Jack London : *Martin Eden*
Hermann Hesse : *Knulp, Siddhartha, Le loup des steppes,*
Jane Austen : *Orgueil et préjugés (Elisabeth Bennet)*
Stieg Larsson : *Millenium (Lisbeth Salanger)*
Lewis Carroll : *Alice au pays des merveilles*
Pierre Choderlos de Laclos : *Les liaisons dangereuses (la marquise de Merteuil)*

Louisa May Alcott : *Les quatre filles du Dr March (Jo March)*
David Henry Thoreau : *Walden ou la vie dans les bois*
Nicolas Bouvier : *L'usage du monde*
Nina Frey : *Ce qui nous oppose, ce qui nous unit*
Dan Millman : *Le guerrier pacifique*
Italo Calvino : *Les villes invisibles*
Ito Ogawa : *Le Jardin arc-en-ciel, Le restaurant de l'amour retrouvé*
Philip K. Dick : *Planète hurlante*
Michel Tournier : *Vendredi ou la vie sauvage*
Bernard Werber : *Les fourmis, L'ultime secret, L'empire des anges, Bienvenu au paradis,*
Sélène Derose : *Alter Ego*
Katarina Mazetti : *Le mec de la tombe d'à côté*
Paolo Coelho : *L'alchimiste*
Sandra Ganneval : *La téléportation est un sport de combat*
Stefan Sweig : *Vingt-quatre heures de la vie d'une femme*
Alyson Noël : *Éternels*
Fat : *La palmeraie de Marrakech*
Harlan Coben : *À découvert*
Mélissandre L. *Table des matières*

Confinement jour 5

Restez chez vous, lavez-vous les mains, applaudissez, répétez !

Hier, je suis allée m'occuper de mon beau-père. L'une des aides à domicile ne peut plus venir.

Il a 82 ans, a eu 2 AVC et souffre d'asthme. C'est une personne à risque, mais il ne sort plus de chez lui depuis quelques mois.

Sa mémoire immédiate lui joue des tours. En arrivant, je lui dis que l'on ne peut pas s'approcher à moins d'un mètre, que l'on ne peut plus se faire la bise.

Je lui explique la situation. Il me dit : « Ah bon ? » Il est dubitatif. Puis son regard se détourne vers la TV.

Trente secondes plus tard, il se retourne vers moi et me demande pourquoi je porte des gants et un masque. Je réitère mes explications. Il me regarde l'air étonné.

Dans 5 minutes, il aura à nouveau oublié. Alors, il faudra lui redire de se laver les mains chaque fois qu'il va aux w.-c., encore et encore !

C'est difficile pour lui et pour celles qui viennent s'occuper de lui. Répéter inlassablement les mêmes choses en boucle.

Il faut lui répéter plusieurs fois avant qu'il n'imprime, mais il y a des jours où son imprimante n'a plus beaucoup d'encre.

Je lui raconte qu'à 20 h, les gens se mettent à leur fenêtre et font du bruit ou applaudissent pour encourager le personnel soignant qui travaille sans répit avec un courage extraordinaire, dans de très mauvaises conditions. Il n'arrive pas vraiment à comprendre et moi non plus. La situation dans laquelle nous sommes tous est purement hallucinante.

À 20 h, j'ouvre les fenêtres pour écouter les voisins. J'applaudis à mon tour, il me demande ce qu'il se passe, je me répète.

Et toujours cette même réponse : « ah bon ! »

Expliquer ce qui se passe à mon beau-père, encore et encore. Les rues vides, les habitants confinés, les morts du Covid-19. C'est juste surréaliste. Ce matin alors que j'ai dû revenir sur le pourquoi je porte des gants et un masque et le fait que nous ne devons pas nous approcher à moins d'un mètre, cela me permet, à moi aussi, de prendre conscience des événements.

Bien que le confinement soit difficile pour les nerfs, je me rends compte de la chance que j'ai d'être en bonne santé et d'avoir une bonne mémoire.

Merci à toutes celles et tous ceux qui se dévouent pour prendre soin des autres, jour après jour, au péril de leurs vies.

Alors pour bien les soutenir : Restez chez vous, lavez-vous les mains, applaudissez et répétez !

Confinement jour 7

Dans quelques années, on ne dira plus avant/après J.C. mais avant/après le confinement

Jour 7 du confinement.

Le stress de ne pas savoir pour combien de jours je serai emprisonnée commence à se faire ressentir.

Le chocolat est à portée de main,

le mot « *confort food* » a dû être inventé

en prévision d'un confinement.

Alors, pour ne pas trop déprimer

et faire circuler mon énergie,

je prends tous les prétextes pour bouger,

d'autant plus que j'habite un petit appartement

sans balcon ni jardin et que j'avais l'habitude

de beaucoup marcher dehors.

Mais ça c'était avant.

Avant le Grand Confinement !

Alors, lorsque j'entends des pas dans les escaliers, je sprinte à la fenêtre, tel Usain Bolt.

Je regarde discrètement, je me baisse en squat, je remonte…

Au moins 10 fois de suite pour savoir qui sort de l'immeuble !

Ce n'est pas de la curiosité, juste le besoin de revoir des humains, même de loin.

Cela me réconforte et me rassure. Je ne suis pas seule au monde.

Je reviens ensuite et je descends en fente en passant par la cuisine

et je reste jusqu'à sentir mes cuisses me brûler.

Puis je fais des exercices avec deux paquets de pâtes,

il faut bien faire quelque chose de tout ce stock.

Je jongle aussi avec des rouleaux de PQ,

tout comme les stars du foot confinées dans leur minuscule 10 000 m2.

C'est une magnifique sensation d'être en vie

et en pleine forme.

Une chance de nos jours, qu'il ne faut pas négliger.

Assise sur le canapé du salon

en écrivant cette chronique,

je fais la chaise pour ne pas devenir chèvre.

J'ouvre les fenêtres,

je prends de longues respirations.

Inspirer par le nez, expirer par le nez comme me

l'a appris ma prof de yoga (dont les cours et la

belle énergie me manquent beaucoup).

Je n'ai jamais autant aimé faire le ménage

que depuis une semaine.

Je range les armoires, je colle de belles étiquettes

sur toutes les épices

et je les range par ordre alphabétique !

J'emprunte les escaliers de la mezzanine

sur la pointe de pieds,

Je n'oublie pas de baisser la tête

pour ne pas me cogner contre une poutre.

Je me mets à quatre pattes et j'en profite

pour faire des pompes.

Je redescends sur les talons, mes chevilles sont contentes que je m'occupe d'elles.

Puis je monte le son d'une chanson qui passe sur mon ordinateur

« *welcome to my life* » du groupe Simple Plan.

Je danse comme si personne ne me regardait

et ça tombe bien,

car il n'y a personne pour me regarder

jouer à *guitar heroe*.

Je zieute les milliards de vidéos

qui s'accumulent sur le net :

Les potes qui font des exercices dans leurs salons, des cours de yoga dans la cuisine.

Mais aussi les articles de magazines féminins qui vous donnent des conseils pour ne pas prendre 3 kg pendant la confination (ce mot n'existe pas, je m'en fous ! À situation exceptionnelle,

mot exceptionnel).

Tout le monde s'y met.

Bref, entre le sport, les nouvelles sur la

propagation de ce satané virus,

je suis fatiguée et il est à peine 14 h.

Je vais aller faire la sieste.

J'en profite pour m'initier à la lévitation.

C'est difficile, je ne décolle pas.

Je me concentre, j'imagine que je flotte

au-dessus de mon lit.

Je n'y arrive toujours pas,

mais je ne désespère pas,

j'ai du temps devant moi.

combien de jours de confinement

nous reste-t-il déjà ?

Confinement jour 8

Sous Cellophane

Il y a à peine deux jours, je disais à ma sœur : « tu verras, on ne va pas tarder à apprendre que des proches ont chopé cette saloperie de virus ! »
Malheureusement, c'est ce qu'il s'est passé.
Trois de nos amis sont malades depuis une semaine. En quarantaine.
Cela m'a fait un choc.
C'est sûrement pour cette raison que cette nuit,
j'ai rêvé qu'on m'avait mise sous cellophane.
C'est un enfer, pour moi qui suis claustrophobe.
Quelqu'un habillé
d'une combinaison de cosmonaute
m'affirmait que ce n'était que pour mon bien et
que de cette façon, je guérirais plus rapidement.
J'avais si chaud sous ce plastique qui me donnait
l'impression d'être une tranche de jambon

en date limite de péremption,

que je transpirais abondamment.

J'étais rouge et affolée, comme un homard

que l'on vient de plonger

dans une casserole d'eau bouillante.

Je respirais avec grande difficulté.

À chaque inspiration, la cellophane se soulevait,

se collait contre ma peau et me brûlait.

Mon cerveau tournait à plein régime,

encore plus que d'habitude.

Il était carrément en surchauffe.

J'essayais alors de connecter ma pensée à mon

« happy place ».

C'est un endroit bienveillant,

cher à la pratique de la méditation.

Près d'un ruisseau entouré de saules pleureurs et

d'amandiers en fleurs,

j'admirais un champ de coquelicots

qui se dandinaient au gré du vent,

un doux soleil me caressait le visage,

seuls les gazouillis des oiseaux

chantaient à mes oreilles.

Tout à coup, un adorable daim rentra dans ce tableau idyllique.

Il était poursuivi par un abominable chasseur portant un énorme rouleau de cellophane à la place du fusil.

La méditation n'a pas fonctionné, je ne suis pas calme du tout.

Je me réveille en sursaut, cela me perturbe plus que des proches soient infectés plutôt que moi.

Cela me fait peur, car je n'ai aucun contrôle sur la situation.

Dans ces moments, le plus difficile est de laisser faire le temps, car je ne suis ni médecin ni chercheuse à l'Institut Pasteur.

Je ne peux qu'être en pensées avec eux (ils habitent à plus de 700 km de distance), leur envoyer de la belle énergie et toute mon indéfectible amitié.

Alors chers proches, amis, parents, collègues, bien chers tous, prenez vraiment soin de vous.

Confinement jour 9

Une piqûre de rappel

Les patrons des supermarchés qui découvrent
qu'ils peuvent vendre des fruits et légumes locaux.
Des climatoseptiques n'en croient pas leurs yeux :
le ciel est redevenu bleu et l'air pur rafraîchit leurs
poumons encrassés de citadins.
Incroyable ! Les véhicules à moteur polluent !
Des milliardaires (qui ont beaucoup perdu de cash
dans cette crise) mettent la main au porte-monnaie
et font fabriquer, à leurs frais, masques
et gels hydroalcooliques !
Décidément, un autre monde est possible.
Les animaux peuvent enfin se promener en forêt
sans la peur de croiser des braconniers
armés de Kalachnikov.
Ils poussent même jusqu'à la ville pour regarder

les humains confinés.

J'imagine qu'ils s'amusent bien de nous.

Je m'attends presque à voir des taureaux courir après des toréadors en pyjama devant les arènes désertées de Nîmes.

J'observe de plus en plus de belles initiatives pour aider ses voisins ou des proches vulnérables.

Je laisse volontairement de côté les actes barbares que certains individus peu scrupuleux peuvent commettre.

Je préfère me concentrer sur le positif.

J'ai comme l'impression que le Covid-19 fait le travail à notre place.

Dépolluer la planète nous incombe, car nous sommes les pires parasites existants sur terre.

Il y a aussi des efforts à faire du côté de la bienveillance des uns envers les autres, malheureusement oubliés sur l'autel du profit !

J'espère sincèrement que cette piqûre de rappel de notre Mère nourricière sera entendue, car elle en a marre que nous venions essuyer nos chaussures pleines de cambouis et de déchets radioactifs sur son écorce terrestre.

Confinement jour 10

La page blanche et le vide

« La page blanche est comme un rendez-vous »
Sylvain Tesson

Cela tombe bien, car depuis le confinement, mon agenda est désespérément vide.
Je ne sais jamais quel jour nous sommes ni ne connais la date exacte.
Je perds mes repères.
Alors, je me suis donné rendez-vous,
tous les matins, avec une page blanche,
jusqu'à la libération (Macron a dit que nous étions en guerre, le terme « libération »
s'impose donc ici !)
Dès que je commence un texte, juste après le titre de ma chronique, j'y inscris la date.

Une façon pour moi de m'ancrer dans le présent.
Dans le moment présent pour être exacte.
Du temps et des moments présents,
j'en ai à revendre.
Lorsque je pense aux autres, celles et ceux
qui sont confinés chez eux, jonglant entre
mouflets, télétravail et casseroles, gérant le chaos
minute après minute,
cela ne doit pas être une sinécure !
Certains couples vont probablement se séparer,
ne supportant pas de voir au jour le jour
et à la loupe, leurs défauts, leurs faiblesses,
tous ces laissez-allers du quotidien.
D'autres se redécouvriront, et partiront peut-être
dans une seconde lune de miel.
Ceux qui sont seuls vont devoir se regarder en
face, s'affronter et se reconnecter avec leur Moi
profond, s'accepter en laissant tomber leur Ego,
afin de ne pas aggraver leur mal-être.
Étant sans enfant (par choix) et célibataire,
je n'ai que du temps et des pages blanches

à noircir.

Ce vide, je le prends comme une opportunité.

Je le remplis en rédigeant ma page d'écriture.

Parfois, je le contemple, ce vide.

Cet abîme à l'intérieur de moi.

Un précipice abyssal qui m'angoisse et qui fait peur à toutes celles et tous ceux qui le fuient dans leur travail, leurs activités sportives,

artistiques ou manuelles.

Sept années de psychanalyse et une fortune dépensée pour apprendre que ce vide ne doit pas être comblé, on doit juste vivre avec !

Parfois, il n'y a rien. Une page blanche, du silence.

Nous sommes habités de l'infiniment petit

et nous faisons partie de l'infiniment grand,

le cosmos.

Pourtant, nous n'en connaissons pas la fin,

puisqu'il est infini.

Nous revenons toujours à nous

et à notre vide intersidéral.

Alors, je ferme les yeux.

Je prends quelques grandes respirations apaisantes.

Quand j'arrive à être en paix avec moi-même

et avec ce vide,

c'est le bonheur de l'instant.

La joie d'être ici et maintenant,

et de profiter de chaque seconde,

comme s'il n'y avait ni la douleur du passé

ni la peur du futur.

Carpe Diem !

Confinement jour 11

La Cromance

On connaissait la romance. Mais il y a aussi la bromance — amitié entre deux hommes. Cela vient juste de sortir : il y a maintenant la Cromance — la romance sous Covid-19. Je l'ai vu arriver en sens inverse, il marchait les mains dans les poches de son jogging fatigué, la démarche de play-boy à la petite semaine. Je pensais qu'aux vues des conditions de confinement, toute cette drague de rue, qui bascule très vite en harcèlement, était terminée. J'avais oublié ce Kevin qui cherchait sa Brenda !

— Eh, Madame, Madame !

— Maourgh (ou comment marmonner à travers un masque).

— Vous êtes confinée chez vos parents ?

— Que c'est drôle !

— Non, mais sérieux y'a pas moyens ?

— Non, on ne peut pas et merci de rester à plus d'un mètre de moi !

— Bon alors, si on peut même plus discuter !

— Je sais, les temps sont durs pour les Casanova.

— Comment on fait pour choper alors ?

— On ne drague plus, on reste chez soi !

— Mais je m'emmerde !

— Je ne sais pas, vous pourriez écrire de belles lettres d'amour et les envoyer par la fenêtre.

— j'men balek[1] de tes lettres !!

— Imaginez un peu, si nous étions face à face à une distance respectable, une distance toute victorienne.

---

[1] *balek = je m'en bat les c...*

— Victorienne, tu veux pas plutôt être ma gow[2] ?

— Nous devinerions les mots derrière nos masques…

— Jpp[3] c'est la Hass[4] !

— Nos yeux émus derrière nos lunettes de protection…

— Miskin[5] meuf ! tu m'fous l'seum[6] !

— Nos mains s'effleurant à travers nos gants…

— Deuh[7], tu veux pas t'enjailler[8], j'me tire faire un yourporn.

---

[2] *gow = copine*
[3] *Jpp = j'en peux plus*
[4] *la Hass (parfois écrit Hess) = la misère*
[5] *Miskin = personne qui fait pitié*
[6] *seum = la haine, la rage*
[7] *deuh = tu saoules*
[8] *s'enjailler : s'amuser, passer du bon temps*

— La romance est morte vive la cromance !

Confinement jour 12

Une parade, des aliens, la fée Clochette et Fred Vargas

Hier soir, je pensais à l'interview que je devais faire aujourd'hui avec Fateah Issaad, plus connue sous son nom de plume « Fat » qui n'est autre que l'initiatrice des Marchés de l'auto-édition. J'y pensais un peu avant, évidemment, ma nature de douteuse angoissée refait surface de temps en temps.

La soirée se passe, entre la « rerereredifusion » de Zorro à la TV, un présentateur qui nous informe de la prolongation de notre confinement et ceci pour quinze jours supplémentaires, ajoutés aux débilités quotidiennes de la boîte noire. C'en est trop pour moi, je laisse mon beau-père devant un programme d'enquêtes policières qu'il affectionne.

Je vais me coucher sans oublier de lire quelques pages et de regarder une série. Je découvre *Unorthodox*, l'histoire d'une jeune femme dans une communauté juive orthodoxe de New York, qui fuit le carcan de sa communauté à Berlin.

Je me réveille en sursaut à 4 h 11 du matin, il s'agit d'être précise, avec l'impression qu'une personne, une entité, je ne sais pas bien ce que c'était, me touchait l'épaule gauche, très doucement, mais cela a suffi à me réveiller. J'enlève mes bouchons d'oreille que j'ai mis à cause du moteur du chauffage/clim sur le balcon qui fait un boucan d'enfer.

Je me rendors rapidement. Je me retrouve dans une salle d'exposition où des photos de ma vie sont imprimées sur des draps blancs et suspendues aux murs avec une corde. L'ensemble est joyeux, coloré et part dans tous les sens. Un peu comme mon cerveau ! La salle est arrondie.

Plus tard, je m'en rendrais compte, en sortant du musée, que j'étais à l'intérieur de la tour de Pise. Fat est là, avec une amie caméraman. Elles sont venues à Paris (alors que je n'y habite plus depuis trois ans) pour m'interviewer. Dans la rue, nous découvrons une immense parade, avec des enfants déguisés en soucoupes volantes (peut-être que le coronavirus est un cadeau des extra-terrestres) des morts vivants, des fées clochette et d'autres personnages sanglants que je ne reconnais pas. Sans crier gare, nous décidons d'aller manger une glace et empruntons une ruelle parallèle, désertée par la population. Nous nous retrouvons dans un restaurant typiquement parisien. Les nombreux clients discutent bruyamment en se coupant la parole. Nous trinquons.

Tout à coup, une femme très élégante vient nous parler. Elle est souriante et je cherche dans ma mémoire, car je l'ai déjà vue quelque part. Elle signe quelques autographes et s'en va aussi soudainement qu'elle est arrivée. Je me rends compte qu'il s'agit de Fred Vargas. Une auteure que je vénère. Je me lève pour lui exprimer toute mon admiration, et lui dire à quel point son écriture poétique me touche. Elle me sourit et s'apprête à me répondre.

C'est évidemment à ce moment précis qu'un chat, dont les miaulements font étrangement penser aux pleurs d'un nouveau-né, me réveille !

Confinement jour 14

Qui a oublié de dire aux moustiques de rester confinés ?

BZZZZZ.

Je vole au-dessus de la ville. Plus un humain. Où sont-ils tous passés ? Le calme et le manque d'agitation me troublent, tout est bizarrement silencieux. Je me sens seul et affamé. Ils se sont tous volatilisés un mardi de mars, en laissant les rues désertes et propres. Comment vais-je me nourrir ? Certains avaient un sang si délicieux. Particulièrement ceux qui mangeaient de la viande saignante. Leur sang n'en était que plus succulent et revigorant. Par contre, les bouffeurs de tofu, ah pardon, mais non merci ! Ils me laissaient un goût d'éponge insipide, très peu pour moi !

Si les rues sont abandonnées, les fenêtres sont, elles, plus ouvertes qu'avant. Je ne suis pas un vampire, je n'ai pas besoin d'une invitation pour entrer. Je me précipite, attiré par une proie penchée sur un carnet.

Je lui tourne autour, je survole le papier, elle raconte mon histoire. Je vais me faire le plus discret possible. Son odeur est absolument exquise.
J'en ai les mandibules qui frétillent. Nom d'une chauve-souris, elle m'a repérée ! Mes collègues m'avaient déjà conté cette fontaine de Jouvence, qui vous envoie au paradis dès la première gorgée de sang dégustée. Je m'éloigne pour mieux me rapprocher. J'observe son cou où les senteurs sont à leur paroxysme. La tentation est si grande que je ne fais pas attention à la gigantesque forme jaune, que la créature tient dans sa main gauche. Je me dirige droit sur son cou et la promesse d'un plaisir sucré.

— Pafff ! Un bruit assourdissant et un coup violent me laissent à moitié mort, titubant, essayant de reprendre mon souffle. Je suis transporté sur un tapis volant en plastique jaune vers la fenêtre.

— Pour cette fois, je te laisse la vie sauve, mais vas transmettre à tes semblables d'aller se nourrir ailleurs. J'en ai marre, je ne suis pas un open-bar ! déclare la créature exaspérée.

Je m'envole tant bien que mal. Je vais reprendre des forces chez ses voisins. La naïveté des humains m'étonnera toujours, car quoiqu'il arrive, un moustique digne de ce nom ne renonce jamais à sa proie.

Confinement jour 15

SA : Les Super Héros Anonymes

— Bonjour, je m'appelle Clark et…

— Arrête, on sait tous ici que tu es Superman !

— Oui, sans doute. Si je suis ici ce soir, c'est pour vous dire que j'en ai plus qu'assez de porter des collants !

— Bonsoir Superman !

— Oui, il y en a marre, rugit Batman.

— Encore, toi tu as de la chance, tu n'as pas de culotte au-dessus de ton collant !

— Oui, tu as un costume viril ! s'exclame Spiderman.

— Mais qui dessine ça ? Quel connard fini ! invective Deadpool.

— Tu avais promis de surveiller ton langage, Deadpool !

— Me les brise pas, couilles molles !

Green Lantern rougit sous les injures de Deadpool.

— Et ce bleu ! Comme s'il n'existait pas une autre couleur, enchaîne Superman pour calmer le jeu.

Dans la salle d'à côté des cris et des insultes se font entendre.

— Qui s'engueule à côté ? demande Deadpool.

— Ce sont les PA, les Psychopathes Anonymes, informe Wonder Woman.

Tous semblent la découvrir pour la première fois.

— Il y a Thanos et Loki ?

— Mais non ! Des présidents, évidemment, mais aussi des traders, des Boss de Big Pharma et tout plein de charognes peu fréquentables, affirme Black Widow.

— Tu veux dire tous ceux qui mettent la terre à feu et à sang, qui la pillent et qui se font de l'argent sur le dos d'innocents ?

— Ceux-là mêmes !

— Et nous, on se casse le cul à réparer leurs conneries !

— Deadpool !

La porte de la salle d'à côté s'ouvre brusquement.

— Donald revient avant de faire une autre bourde !

— Donald le copain de Mickey ? demande Superman comme un enfant sur le point de découvrir Disneyland.

— Mais non, Trump ! se moque Black Widow. Remarque avec tous ces psychopathes qui dirigent le monde on se croirait plutôt dans Dictateurland.

— Il y a Pluto aussi ?

— Mais tu le fais exprès ? Puisque Black Widow te dit que ce sont ces cinglés qui nous dirigent qui se réunissent pour savoir comment ils vont encore plus nous enfoncer ! On n'est pas du tout chez Disney, compris ?!

— T'énerves pas Bruce tu vas encore tout casser ! Implore Ant Man.

— GRRRRRRR, fait Bruce Banner en virant au vert !

— Voilà, t'es content ? demande Wonder Woman à Superman.

— Je suis désolé, je ne peux pas m'en empêcher ! répond Hulk.

— Oui et bien va passer tes nerfs chez les PA. Comme ça la terre et l'humanité auront un peu de répit et nous, on pourra enfin prendre des vacances ! dit Deadpool en sautillant sur sa chaise.

Confinement jour 16

Une recette inédite

Recette simple et efficace pour toute la famille, où nous n'entamerons pas vos réserves de pâtes, ni de farine et encore moins de PQ.

Pour faire un bon confit il vous faut :

* Une grosse poignée de calme

* 5 pincées de silence

* Une tasse de respect (même si vos voisins vous les brisent, attendez le 666e jour de confinement pour les faire cuire au barbecue)

* 123 grammes de folie

* 1 noisette d'audace

* 1 louche de sport

* 1 cuillère à soupe de sérénité

* De la bienveillance à volonté

* Plusieurs verres d'occupations agréables et relaxantes

* Une tonne de jeux, de livres et de séries

<u>Pour ne pas faire tourner la sauce :</u>

* Saupoudrez d'un peu de farniente

* Faites mijoter sur feu doux.

Partagez cette recette et dégustez-la avec un ou plusieurs convives triés sur le volet. Cuisinez-la autant que vous le souhaitez jusqu'à être déconfits, elle ne vous fera pas prendre un gramme !

Bon appétit !

PS : si l'envie saugrenue vous prenait de rajouter un peu de pangolin, réfléchissez-y à deux fois ou alors passez-le dans l'eau et passez-le dans l'huile !

Confinement jour 17

Errance

Dans les méandres de sa création,
S'immerger dans l'immense forêt
de son inconscient.
Travailler sa matière,
Explorer ses entrailles.
De l'esquisse à sa toile,
Parcourir le fil de soi.
Tâtonner de l'ombre à sa lumière,
Pour s'échapper du doute à sa libération,
Enlacée dans les bras tortueux de son imaginaire.
Est-ce un rêve ou un cauchemar ?
Visions sombres et mélancoliques.
Enfin une délivrancevers sa lumière.
En finir avec sa nuit.

À l'orée du bois, la lueur d'un espoir,
Ne plus chercher.
Trouver sa délivrance,
La musique de sa légèreté.
Trouver son sanctuaire.

Confinement jour 18

L'écriture est une drogue dure

On me demande souvent comment me vient l'inspiration. C'est une question qui mérite d'être développée.

Tout d'abord, cette imagination je vais la surnommer « ma muse ». Aujourd'hui par exemple, ma muse m'a réveillée à 4 h 25 du matin.
Oui, elle est aussi précise que ça ! Elle arrive avec l'idée du moment, qu'il faut absolument que je développe sous peine de la voir s'enfuir et se réfugier dans les limbes de mon cerveau où il me sera très difficile d'aller la récupérer.

Je me dois d'être rapide, car elle peut aussi s'envoler pour enrichir l'imagination de quelqu'un d'autre. C'est pour cette raison qu'il faut l'attraper en plein vol et la coucher immédiatement sur le papier pour ne plus jamais l'oublier.

Elle restera « confinée » dans un cahier, ou alors, elle se glissera entre mes doigts et les touches de mon ordinateur pour finir en chronique.

L'écriture est une drogue dure ! Plus j'écris et plus j'ai envie. Rectificatif, plus j'ai besoin d'écrire ! À l'image d'un sportif qui est comme un lion en cage lorsqu'il n'a pas sa dose d'endorphine quotidienne, ma muse ne me lâche pas. Encore plus depuis que j'ai commencé mes « chroniques de confinement » il y a dix-huit jours. Certains matins, lorsqu'elle vient me cueillir aux aurores, j'ai envie de lui dire : « mais laisse-moi tranquille ! J'ai besoin de respirer, de manger, de farniente, ou tout simplement de regarder le dernier épisode de *Grey's Anatomy.* Mais elle est là qui frétille et veut me sauter dessus pour faire de moi sa marionnette.

— Fous-moi la paix ! J'ai sommeil, lui dis-je en me retournant dans mon lit douillet. Mais il est trop tard ! Cette idée du petit jour fait son chemin sous mon crâne et j'ai un peu peur de la vexer. Je ne veux surtout pas qu'elle s'en aille définitivement. Alors, je prends le cahier et le stylo que je cache sous mon oreiller, j'allume la lampe de chevet et je noircis des pages.

Depuis ma plus tendre enfance, mon imagination a toujours été à mes côtés. Elle fut d'une aide précieuse lorsqu'il fallait inventer des excuses pour l'école, pour mes parents, pour mon professeur de guitare qui était d'un ennui abyssal. Elle a toujours été une fidèle compagne de route et ne m'a jamais abandonnée.

Par contre, je l'ai parfois négligée, même si l'envie d'écrire était constamment présente, mes profondes angoisses et mes doutes la tenaient à distance et m'empêchaient de terminer le moindre texte. J'aimerais qu'il existe un bon équilibre entre écriture et sommeil ; écriture et vie quotidienne, car elle a aussi besoin d'être nourrie, cette muse. Et pour cela, j'ai un grand appétit pour la lecture, les rencontres, l'observation, les expositions, le cinéma, et bien sur les voyages ou simplement contempler le ciel qui m'inspire tous les jours. L'écriture est une drogue dure qui vous réveille en plein sommeil, qui vous habite de mondes imaginaires qui s'agitent dans votre esprit. C'est parfois fatigant, mais toujours exaltant !

Les auteur.e.s comprendront ;)

Confinement jour 19

Comment écrire sur rien ?

Ma muse serait-elle vexée par ma chronique d'hier ? Parce que ce matin, rien, nada, que dalle, *nothing* ! Pas l'ombre d'une idée, aucun souvenir de rêves abracadabrants ni d'inspiration. Rien qu'une page blanche, le cauchemar absolu pour une auteure.[9]

Alors je me pose la question : « comment écrire sur rien ? »

---

[9] *Je ne vais pas polémiquer avec de l'Académie française qui n'admet pas le mot "auteure" au féminin, lui préférant "autrice" terme qui heurte mes oreilles. Je me déclare donc, romancière, nouvelliste, car j'écris des romans et des nouvelles. Je vais rajouter chroniqueuse, car cela sonne bien au féminin.*

Au premier sens du terme, je n'écris pas sur rien, en l'occurrence, à cet instant précis 8 h 50 du matin, j'écris sur le dos d'une "attestation de déplacement dérogatoire" qui me sert de brouillon. Au sens figuré, qu'est-ce que le rien ?

Oh la la ! Parler philosophie, avant même d'avoir pris mon café, alors que mes neurones ne sont pas tous à leur place, est-ce bien raisonnable ? Non, je ne vais pas partir dans cette direction. Comme je me suis interdit de commencer la 4e saison de *la casa de papel*, avant d'avoir écrit ma chronique quotidienne, je termine rapidement ce texte, qui n'a ni queue ne tête (et qui est un peu court, mais en même temps, j'ai le droit de prendre un jour de repos, car je ne pensais pas que ce confinement durerait aussi longtemps) en extrapolant ce que chantait Serge Gainsbourg : "mieux vaut ne penser à rien que ne pas penser du tout".

Aujourd'hui, je vous le dis "mieux vaut écrire sur rien que ne pas écrire du tout !"

Bonne journée et prenez soin de vous.

Confinement jour 20

Au marché des mots en liberté

Au marché des mots en liberté,
on trouve de tout,
mais surtout des mots qui se baladent
le long des stands.
Ils attendent qu'on les grappille.
Ils sont patients,
mais n'attendront pas toute leur vie,
car ils sont là pour être cueillis, vendangés,
pétris, transformés, magnifiés, aimés et lus.
Au marché des mots en liberté,
on y trouve des auteurs,
ils flânent le long des étals,
cherchant les mots et leur sens.
Ils sont patients et souvent rêveurs,

ils doutent parfois,
alors ils s'assoient
et laissent vagabonder leur esprit.
Ils s'ouvrent tout à coup à l'inconnu,
à l'imprévu et à l'inattendu.
Les mots peuvent ainsi s'engouffrer
dans leur imagination.
Au marché des mots en liberté,
les mots et les auteurs se sont trouvés.
Jamais plus ils ne se quitteront.
Ensemble, ils joueront, créeront,
accoucheront dans la douleur,
mais aussi dans la joie.
Au marché des mots en liberté,
on trouve aujourd'hui des histoires qui se
racontent, se transmettent,
pour la plus grande la joie des lecteurs.

Confinement jour 21

Prenez soin de mes romans

Je me souviens que dans ma petite chambre parisienne, celle où j'habitais lorsque j'étais étudiante au cours Florent et d'où je pouvais voir Montmartre en montant sur la cuvette des w.c. il y avait beaucoup de livres, un énorme frigo qui s'ouvrait avec trois clés différentes et une fenêtre-balcon qui donnait sur une cour intérieure.

Un coup sur la porte me ramène à la réalité. Laurent Delahousse, dans son exactitude toute suisse et sa blondeur de surfeur californien, se tient souriant sur le pas de ma chambre. Il me dit bonjour avec cette voix suave que beaucoup ne supportent pas. Moi, elle ne m'a jamais dérangée.

Je lui tends la main et l'invite à l'intérieur. Il est très aimable et encore plus sexy avec ses lunettes d'intello !

Je lui désigne l'unique fauteuil de la pièce, pendant que je cherche désespérément, non pas Suzanne[10], mais mes romans dans la gigantesque bibliothèque qui est bien plus grande que la pièce elle-même.

— Comment est-ce possible, me diriez-vous ?

— C'est un rêve ! Allez donc poser vos questions directement à Freud, et cessez de m'interrompre !

---

[10] *Ce texte comporte quelques références. Si vous ne les connaissez pas, allez donc chercher sur internet, cela vous passera le temps si vous vous ennuyez, ou comblera votre manque de culture si vous en manquez et vous pourrez ainsi brillez dans les dîners mondains, lorsque nous serons enfin déconfinés ! Vous me suivez ?*

Je disais donc que je cherchais mes romans, mais je suis, ô rage, ô désespoir[11], très contrariée, car je ne les trouve nulle part.

Pendant ce temps, Laurent (oui, je l'appelle par son petit nom. Il est venu jusque dans mon rêve, je me permets !) en profite pour fumer une cigarette sur le palier. Étrange, je ne l'imaginais pas du tout avec cette habitude nauséabonde !

Mon voisin sort à ce moment-là, me regarde, regarde Laurent, me regarde (ça s'appelle une « double take » au cinéma ou surprise en deux temps et c'est très difficile à jouer pour un acteur) il me demande :

— Mais pourquoi y a Delahousse ?

— Il vient m'interviewer !

— Mais pourquoi il t'interviewe, t'es pas connue !

---

[11] *cf. note 10*

— Pour parler de mes livres.

— Quels livres ?

— Ceux que j'ai écrits !

— T'as écrit des romans, toi ? !

— Ben oui.

— Tu m' l'as jamais dit !

— Tu ne m'as jamais demandé !

— Ben quoi, j'allais pas te demander si tu avais écrit des livres !

— Non, mais tu aurais pu me demander ce que je faisais dans la vie !

— Mais tu causes jamais d' toi !

— C'est normal, lorsqu'on discute, tu ne parles que de toi !

— Ben ouais, parce que t'écoutes super bien !

Laurent a fini sa cigarette, il fait un bonjour de la tête à l'intention de mon voisin et retourne s'asseoir dans l'unique fauteuil de ma modeste demeure. Vous vous souvenez, vous suivez un peu ? Et moi je suis en nage, car je ne retrouve toujours pas ces satanés romans.

Je me réveille à ce moment-là, en me disant : « voilà, ma petit Mirelle, si tu désires que Laurent Delahousse, avec ses petites lunettes d'intello sexy, vienne t'interviewer au sujet de tes romans, il faut que toi et ton entourage, vous en parliez plus. »

Il est donc temps que le monde entier soit au courant que j'écris des romans fabuleux qui « vous font partir à la découverte de monde et de vous-même » dixit la pub sur mon blog !

Et pourquoi Delahousse, alors que je ne regarde presque jamais les infos, surtout en ce moment, ça me déprime trop ? Je n'en sais rien moi, vous en posez de ces questions ! Allez frapper à la porte de Lacan, il en aura peut-être des réponses, mais ça vous coûtera plus cher que d'acheter directement mes livres !

Confinement jour 22

Fenêtre ouverte …

Sur mon vélo d'appartement, j'avale les kilomètres et je dicte cette chronique (oui, c'est grâce à la magie des nouvelles technologies et mon Smartphone scotché au guidon du vélo, que vous pourrez me lire dans la journée).

La fenêtre est ouverte sur la ruelle déserte et les cris joyeux du petit Louis, 4 ans, qui veut absolument être Ironman, alors que sa maman est un peu perdue : « c'est lequel déjà ? ».

Moi, je préfère partir dans mes rêves éveillés et m'imaginer pédaler jusqu'à la mer, par ce chemin que je devais découvrir un week-end de mars, si le confinement n'était pas venu bousculer mes plans.

Je vous passe le trajet en TER qui n'a aucun intérêt stylistique et j'arrive directement à Aigues-Mortes où je distingue très rapidement ses remparts et sa tour Carbonnière. J'emprunte alors la piste cyclable à côté du chenal maritime, au milieu de la Camargue. L'air marin vient aussitôt nettoyer mes narines et laisser cette odeur particulière et vivifiante d'embruns.

Le long des marais salants, des grues cendrées, des cigognes blanches, des aigrettes garzettes, mais surtout des milliers de flamants roses colorent le paysage.

Le soleil projette ses rayons sur les collines de sel et m'aveugle d'une blancheur immaculée.

La distance depuis Aigues-Mortes jusqu'à la plage est de 14 km, allez simple. La température est idéale, loin des frimas de l'hiver ou de la canicule d'un mois d'août.

Arrivée au Grau-de-Roi, je bifurque sur la droite après le grand rond-point, puis je continue en empruntant la voie verte jusqu'à la plage de l'Espiguette.

Je descends de mon vélo que je laisse contre une barrière en bois. Je marche le long des dunes en remarquant le phare, qu'il me faudra visiter dès son ouverture au public.

J'enlève mes basquets, puis mes habits, quelle délivrance !

Je cours pieds nus dans le sable, qui n'est pas encore brûlant et je plonge dans la mer, enfin ! C'est une immersion totale et une délivrance dans mon élément préféré.

Confinement jour 23

Vous avez du courrier

Je suis assise sur les marches de mon immeuble, au soleil. Je ne regarde passer personne, je n'attends même pas Godot, mais j'observe les petites herbes qui défient le béton et respirent goulûment l'air redevenu respirable et sain ! Je suis là, patiemment, profitant des rayons du soleil comme autant de vitamine D.

Je ne peux plus m'énerver contre les conducteurs qui laissaient tourner leur moteur à l'arrêt pendant des heures, leurs incivilités crasses avaient le don de m'exaspérer à un point !

Depuis trois semaines, il n'y a plus de voiture qui démarre dans ma rue, elles aussi ont été abandonnées pour le plus grand plaisir de mes poumons et de mes oreilles. J'aperçois le facteur au loin. Ses visites se sont raréfiées. Lorsqu'il passe à vélo, en tendant sa main gantée de plastique, j'attrape l'enveloppe et dis merci à cet humain. Tiens, cela faisait longtemps que je n'avais pas parlé à une personne en chair et en os.

Ce mot est de vous. J'aime recevoir de vos nouvelles manuscrites. Le plaisir de décacheter l'enveloppe, sortir la lettre, la déplier, en respirer l'odeur et se souvenir du temps que les moins de vingt ne veulent plus connaître. Les joies de la correspondance et de prendre le temps d'écrire une lettre, de réfléchir au message que l'on veut transmettre, de mettre un timbre et d'aller la poster dans une jolie boîte aux lettres jaunes (évidemment, en ce moment elles sont fermées, mais heureusement cela ne va pas durer).

Il aura fallu un virus tueur pour que certaines personnes se manifestent. Une pandémie planétaire pour que d'autres prennent le temps de s'asseoir au soleil, tout simplement, pour profiter du moment et de regarder à l'intérieur d'elles-mêmes. Et puis se dire aussi que cette pause est plus que bienvenue pour notre planète et Mère nourricière, elle est nécessaire ! Pourquoi devons-nous toujours attendre d'être au bord de l'abîme et n'avoir plus le choix pour réagir, alors qu'il n'est pas si compliqué de faire des efforts un peu tous les jours. Être moins égoïstes et plus civils, il en va de la survie de notre espèce.

J'espère surtout qu'après cette période étrange et dramatique, nous ne nous précipiterons pas tous en même temps pour FAIRE des choses. Acheter tout et n'importe quoi. Faire venir des objets inutiles de pays lointains, fabriqués dans des conditions catastrophiques pour les employés et la planète et voyager en masse partout dans le monde.

La nature a encore besoin de se reposer ! Moins FAIRE pour ÊTRE plus.

Oui, j'aime parcourir cette lettre, ligne après ligne. Je suis rassurée, vous allez bien.

…

…Non, j'déconne !

C'est un putain de prospectus publicitaires ! Elles ne perdent pas le nord, les multinationales avec leur *junk mail* !

De nos jours, plus personne n'écrit, et c'est bien dommage !

Confinement jour 24

Aux soirées de
Monsieur l'Ambassadeur

Catherine Deneuve qui ne veut pas passer devant l'Ambassade de France sans claquer la bise à l'Ambassadeur (probablement pour les rochers qu'il donne lors des soirées).

Un film qui se tourne sur l'Arc de Triomphe vide, mis à part les joggeurs parisiens qui courent à un mètre de distance et sur un seul pied.

Un mariage où les invités sont habillés de rouge et se congratulent en projetant la mousse blanche des extincteurs, à la sortie de Notre Dame en feu.

Moi qui dois jouer au poker, alors que je ne connais que les expressions du Jass « 200 les buurs[12] » et « stöck[13] » ! Lorsque je découvre les cartes, je demande ce qu'elles signifient à J.K. Rowling, qui entre nous, joue aussi bien qu'elle écrit, c'est-à-dire qu'elle me ratiboise à chaque partie !

Ma mère qui fait des blagues de couette sur ma chronique de Delahousse !

Des flamants roses qui nidifient sur le toit de l'Élysée.

Oui, je sais cela n'a aucun sens ou plus probablement, un sens caché.

Il faut avouer qu'hier soir, j'ai écouté l'allocution du ministre du Grand N'importe Quoi National,

---

[12] *Au jass (jeu de carte suisse qui ressemble un peu à la belote) lorsqu'un joueur a 4 valets (baur, buur en dialecte prononcé bour) cela vaut 200 points.*

[13] *Lorsque l'on a le roi et le dame d'atout on dit «stöck» (prononcé chtreukr) au moment de poser la seconde des deux cartes.*

donnant des non-réponses à une situation dont personne ne connaît l'issue.

Il me semble qu'à ce rythme-là, on va rester confiné jusqu'à la Saint Glinglin !

Confinement jour 25

Le questionnaire de Proust façon confinement

Quel est mon état d'esprit ?

Bien meilleur que la première semaine, je prends un jour après l'autre. J'ai loupé mon Paris-Brest façon Conticini (que j'ai terminé en soufflé ! Oui, c'est possible et c'est bon) en conséquence, j'ai arrêté de pâtisser (ma balance me dit merci !)

Quel est mon principal trait de caractère en confinement ?

L'eau de javel, je passe presque tout à l'eau de javel ou au vinaigre blanc (sauf les escargots, mes nouveaux animaux de compagnie).

Ce que j'apprécie le plus chez mes amis ?
Qu'ils soient en bonne santé et qu'ils donnent de leurs nouvelles, bien sûr !

Mon principal défaut après 25 jours de confinement ?
Foutre le bordel et ranger. Recommencer encore et encore. Faire un peu trop le ménage et y prendre goût !

Votre occupation préférée ?
L'écriture et *bing-watcher* des séries en faisant du vélo.

Quel est mon lieu de confinement rêvé ?
Une grande maison sur une île. Avec plein d'animaux, un potager, des arbres fruitiers, des panneaux solaires pour être en autosuffisance énergétique. Et des amis pour faire la fête !

Où aimerais-je aller à la fin du confinement ?
Sur l'archipel Svalbard pour admirer des aurores boréales.

Mes héroïnes qui gèrent le mieux leur confinement ?
Sylvie, coach sportive pour Power Plate qui propose des vidéos et des cours de PP dans les jardins et les allées de ses clients à Miami. Vanessa et Caline qui font des vidéos de yoga chez elles et ma sœur qui fabrique des masques en tissu. Elles sont pleines de ressources.

Mes héros dans la vie réelle ?
Aides à domicile, infirmières, personnel médical, caissières et toutes ces travailleuses et travailleurs que trop de gens regardaient de haut. Enfin, ils se rendent compte de leur valeur. En espérant que cela durera après le confinement !

La qualité que j'ai développée pendant ce confinement ?

Avoir remplacé le fouet électrique par un fouet manuel !

Ce que je déteste par-dessus tout ?

Le voisin du dessus, qui doit faire dans les 56 kg tout mouillé et qui marche avec la légèreté d'un troupeau d'éléphants. Pour couronner le tout, il claque les portes toute la sainte journée. J'ai toujours l'impression que l'immeuble va s'effondrer sous ses coups !!! Et ce n'est pas faute de lui avoir demandé de faire attention !

Le don de la nature que je voudrais avoir ?

Le don d'ubiquité !

Ce que je vais regretter à la fin du confinement ?

Ce silence magnifique et ce calme revenu.

Entendre les oiseaux le matin à la place des voitures qui démarrent. Se rendre compte que trop de bruit est un immense facteur de stress.

La chose que je n'aurais jamais faite si vous n'étiez pas confinée ?
Raser les cheveux de ma sœur (à sa demande évidemment !)

À part moi, qui voudrais-je être ?
Roger Federer !

Ma devise de confinée ?
Mieux vaut être seule que mal confinée.

Et vous, que répondriez-vous au questionnaire de confinement ?

Confinement jour 26

L'horoscope du confiné

♈ Bélier

Fatigués ? Pas d'excuses ! Arrêtez de traîner devant votre TV toute la journée. Prenez-vous par les cornes, bougez et rigolez!

♉ Taureau

Arrêtez de foncer sur tout ce qui est dans votre champ de vision. Le confinement n'est pas terminé, essayez la méditation !

♊ Gémeaux

Insouciants, vous anticipez la fin du confinement en faisant une méga bataille de farine !

♋ Cancer

Un gros projet à venir ? Un voyage peut-être ? Soyez patients, tout vient à point à qui sait se confiner !

♌ Lion

Apéro, bons petits plats, apéro, bons petits plats, allez-y mollo, ! Gardez-en un peu pour cet été.

♍ Vierge

Ne faites pas votre vierge effarouchée, on vous voit binge-watcher Netflix et vous relever la nuit pour dévaliser le frigo ! Assumez !

♎ Balance

Grasse mat ou sieste ? Votre coeur balance. Et pourquoi pas les deux ! Ce n'est pas comme si quelqu' un vous attendait quelque part !

♏ Scorpion

Qui aime bien, confine bien. Lisez, créez mais ne sortez pas votre dard à la première critique contre vos co-confinés !

♐ Sagittaire

Vous voulez tout quitter pour vous installer sur une île déserte. Oui, pourquoi pas ! attendez juste que les aéroports rouvrent !

♑ Capricorne

Devez-vous reporter ce fameux voyage qui vous tente tant ? Probablement ! Mais inutile de devenir votre pire ennemi pour autant !

♒ Verseau

Très prévoyants, vous préparez déjà votre mariage, avant même d'avoir rencontrer votre moitié, quel optimiste vous faites !

♓ Poisson

Comme un poisson dans l'eau, vous surfez sur ce confinement sans vous noyer dans votre bocal. Bravo, continuez vous êtes sur la bonne voie !

Confinement jour 27
Attestation d'invention permanente

ATTESTATION D'INVENTION PERMANENTE

En application de l'article 3897 aliéna 767890 du décret du 23 mars 2020 prescrivant les mesures générales nécessaires pour faire face au confinement et à ses risques de pétage de plomb.

Je soussignée,
Mme   Mirelle HDB
Née le :   10 novembre, année érotique
À :   Près des chutes du Rhin, Suisse
Demeurant :   sur cette Lovely Planète

Certifie faire tout mon possible, de mon mieux, pour ne pas tourner en bourrique. Je me propose de :

- ☐ Faire le ménage dans mes méninges.
- ☐ Accepter les longs moments de solitude sans fuir dans l'alcool (sont admis les apéros virtuels entre amis, mais pas plus d'une fois par semaine).
- ☐ Allez admirer les petites fleurs qui poussent partout, pas plus d'une heure par jour.
- ☐ Allez regarder les cloches de Pâques revenir de Rome et espérer qu'elles n'ont pas attrapé le Covid-19.
- ☐ Sortir pour aller couper le micro des voisins trop bruyants, en évitant de sortir de mes gonds.
- ☐ Converser avec les séniors du quartier, à deux mètres de distance, en parlant à haute et intelligible voix.

Fait à : Lovely Planète
Le :   9 avril à 17h23

Signature : ¶☺☹⚆☹☺⚆ ✌☮

Confinement jour 28

Le chemin

Je ne sais plus depuis combien de temps

je déambule.

Par terre, les racines des arbres me font parfois

trébucher, mais jamais tomber.

Seule et sans bagage,

je respire le parfum unique

de la forêt en automne.

Je regarde ces badauds dans la rivière,

leurs visages sont lisses et sans émoi.

Ils se laissent entraîner par le courant,

ils ne pensent plus ni ne revendiquent.

Ils ne sortiront peut-être plus jamais

de leur torpeur.

Je ne veux pas les rejoindre, je suis bien.

Libre et sans contrainte.

Je vais à mon rythme,

même si je connais la destination finale.

N'est-elle pas la même pour tout le monde ?

Raison de plus pour flâner,

profiter de ce qui m'entoure,

m'émerveiller d'une feuille qui tombe,

et tapisse mon chemin d'un manteau auburn.

Je ne veux plus rentrer puisque dorénavant,

ma maison est ce chemin où tous les possibles

s'offrent à moi, car je prends soin

de garder les yeux et l'esprit ouverts.

Confinement jour 30

Oublier les calendriers

Fermer les yeux

Respirer.

Ne plus réfléchir en jours ni en semaines.

Oublier les calendriers,

Prendre son envol.

Regarder les rares passants devenir fourmis.

S'envoler plus haut,

Pour suivre la trace des oiseaux.

Migrer avec eux,

Se sentir libre.

Voler toujours plus haut,

Pour oublier les villes.

Sentir le vent de la liberté,

Jusque dans son âme.

Respirer.

Être vivant

Et libre comme jamais.

Rejoindre la mer,

Inspirer l'air frais et vivifiant.

Laisser le sel chatouiller ses narines,

Plonger dans les profondeurs bleues.

Devenir dauphin.

Ne faire qu'un avec la mer,

L'évasion est une liberté à conquérir.

Confinement jour 31

Nico, Manu et le jus de terre

Le visage balourd des deux gendarmes me dit vaguement quelque chose. J'ai mal un peu partout, comme si j'avais fait un trop long voyage. Tout est confus, j'ai encore de la terre partout sur moi.

— Voulez-vous un café ? me demande l'homme qui porte des bottes en cuir aux bouts pointus.

Heureusement, j'ai toujours été excellente en langues étrangères, c'est pour cela que je capte tout de suite ce qu'il me dit.

— Non, je préférerais un verre de jus de terre, s'il vous plaît.

— Nico, apporte l'alcootest, on a une cliente ! dit le cowboy à son acolyte.

— Et un « s'il te plaît » ça t'arracherait la gueule ? hurle le plus petit des deux qui n'arrête pas de balancer son épaule droite en avant.

— Excusez-le, il n'y a pas si longtemps, il dirigeait une grande entreprise. Il a été mis à la porte et passe ses nerfs sur moi, le seul de ses collaborateurs qui l'ait suivi dans ce trou paumé.

— Bon, il vient mon jus de terre, j'ai soif moi ! lui dis-je en balançant mon épaule. Je commence déjà à faire du mimétisme.

— Oh ! Madame, vous n'allez pas non plus vous y mettre, me répond-il.

— Vous pouvez me dire exactement où je me trouve.

— Bugarach, crie celui qui se nomme Nico depuis une autre pièce.

— Mais encore ?

— Ben, dans l'Aude quoi ! Vous ne connaissez pas votre géographie ? vocifère Nico dont le ton est de plus en plus agressif.

— Je viens de loin, vous savez, fais-je innocemment.

— C'est quoi encore que ce bazar, me demande Nico ? Manu va me chercher ce truc de couleur là, près de la dame.

— Faites attention ! C'est fragile, ma parole ! Ces deux-là n'ont pas l'air d'avoir inventé les trous noirs !

— Comment ça marche ? s'époumone Manu qui a le sourire d'un animal à quatre pattes dont le nom m'échappe.

— Ça ne marche pas, ça se pulse.

— Bon, contrôle son taux l'alcoolémie, elle commence à me courir sur le haricot la cagole ! aboie Nico.

— Soufflez Madame !

— C'est ce que je fais ! répliqué-je alors que leur gadget fond sous leurs yeux ébahis.

— Pétard ! Mais vous carburez à quoi ? questionne Manu, stupéfait.

— Au jus de terre ! Et si vous vous décidiez enfin à m'en apporter un.

— Bon Manu, coffre-moi ce spécimen et appelle JF, on a un allogène.

— Mais Nico, c'est quoi encore ce nom savant que tu nous sors ?

— Un gringo si tu préfères, cultive-toi un peu. Tu me fatigues à la longue avec ton ignorance crasse !

— T'es gonflé quand même, se plaint Manu, ça fait pas si longtemps que tu sais lire et…

— Bon vous deux là, passez-moi mon pulsomètre. Oui, l'objet que vous m'avez confisqué. J'ai le droit à un coup de fil non ? Vous ne captez pas les séries policières ?

Nico et Manu se regardent sans vraiment comprendre.

— On ne peut pas vous rendre ce truc, qui nous dit que ce n'est pas une arme ?

— Moi je vous le dis. Passez-moi les menottes si vous préférez. Vous n'avez qu'à déposer mon pulsomètre sur la table devant moi.

— Manu, passe-lui les menottes et serre bien, je ne veux pas d'embrouille, ordonne Nico en balançant de plus en plus son épaule.

— Pourquoi c'est toujours moi qui me colle aux trucs dangereux ? se plaint Manu.

— Parce que c'est moi qui commande, réponds Nico en ce levant sur les pointes de pieds pour paraître plus grand.

En marmonnant quelque chose dans sa barbe de cinq jours, Manu s'approche de moi, je lui tends les mains et il me menotte. Le contact froid de l'acier me donne des frissons et je me sens humaine pour la première fois.

— Voilà votre truc là et pas d'entourloupe, OK ?

— Non, non, je réponds avec mon plus beau sourire. Un sourire que j'ai piqué à Marilyn

Monroe dans son film inachevé où elle se baigne nue dans de l'eau bleue. J'active le pulsomètre et je demande tout de suite des explications : « 111 100 001 010 101 011 111 111100 000 101 01 0 101 001 000 010 100 101 011 11 ».

— On n'avait dit pas d'entourloupe, hurle le petit Nico, de plus en plus excédé.

— Je communique simplement avec les miens.

— C'est qui les vôtres, d'où vous venez ? Manu tremble comme une feuille d'aluminium.

— 11111 000000101010101100111100011.

Ah ! Je commence à comprendre, comme ils sont drôles !

— Mais à qui vous parlez là, si on peut appeler ça parler ?

— Mes collègues Erisiens m'ont fait une blague pour mon 134340e transnéptusien. Ils m'ont cosmopropulsée sur la planète où les habitants sont les plus sous-développés. Et je dois dire que j'ai devant moi deux spécimens très intéressants.

Je profite de leur stupéfaction pour les envelopper de mon aura. Voilà un beau cadeau que je vais pouvoir rapporter à la maison. On va bien s'amuser !

Confinement jour 32

Entre-deux

Je pénètre dans cet entre-deux
où l'aube, telle une petite mort
ferme le chapitre de la nuit
et ouvre le chapitre du jour,
entre la volupté et l'extase.
L'aube crue entre deux mondes,
l'un passé l'autre en devenir.
Un moment vite oublié
en suspension,
mais où tous les rêves sont possibles.
L'audace me prend d'aller de l'avant,
hasarder dans le jour débutant,
où me guidera mon imagination.
À la recherche des mots qui combleront
les manques.

Confinement jour 35

Le chenit *

Pendant ce week-end de « vacance » pour mon cerveau où, mis à part quelques idées éparses que j'ai notées dans divers carnets, sur le dos d'un ticket de carte bleue ou encore un post-it, en trois mots tout ce que j'avais sous la main, je n'ai pas écrit.

Non, mais j'ai rangé.

Oui je l'avoue, je suis d'un naturel bordélique qui aime faire de l'ordre pour mieux déranger. Je fais souvent cela lorsque mes idées arrivent dans tous les sens et produisent un petit tsunami sous mon crâne alors que je commence trop de projets littéraires à la fois.

En conséquence, je range ma chambre et mon bureau. Je taille des crayons, je gribouille sur des feuilles volantes pour vérifier que mes stylos fonctionnent et si ce n'est pas le cas, je change l'encre. Je classe mes brouillons dans des pochettes en carton où j'ai préalablement collé des étiquettes avec le nom d'un futur roman. J'inventorie mes nombreux carnets, j'en fais des piles arc-en-ciel, car je ne mets pas toutes mes idées dans le même panier !

Je fais également de l'ordre dans mon armoire, cela m'aide à avoir les idées claires. Et je le fais dès que j'ai l'esprit trop encombré par mes rêves et mon imagination débordante, afin de repartir sur de bonnes bases.

Je ne suis quand même pas aussi extrémiste que Marie Kondo qui aménage les appartements pour que Patrick Bateman puisse y vivre à son aise et qui se retrouve à la fin de ses épisodes Netflix, sans un vieux tee-shirt ou une culotte à transformer en masque. Ce qui est bien utile en cette période de « nation confite » ou *confination*, c'est comme vous voulez !

Ce matin, vers 5 h (décidément, ma muse aime bien raccourcir mes nuits !) je me suis dit, le fait que vous me lisiez qui et où que vous soyez me plaît bien.

Oui, je suis de retour, mais peut-être pas tous les jours.

Alors, portez-vous bien et à très vite, car j'aime nos petits moments de partage littéraires.

***Chenit** en Suisse signifie le désordre*

Confinement jour 37

Fuir le bourdon

Bzzz bzzzz

Je marche pour dérouiller mon corps de confinée.

Un bourdon vole autour de moi,

bzzz bzzz.

Il assombrit mes pensées

alors, j'accélère le pas.

Heureusement, je ne croise personne dans les rues.

La pluie intense a fait fuir les derniers passants,

ceux qui joggaient ou se risquaient dehors

pour remplir leur caddie de victuailles.

Ils sont tous rentrés chez eux,

se mettre à l'abri de la menace des nuages

chargés d'idées noires.

Le bourdon me suit toujours,

Bzzz bzzz.

Il se mélange à ma mélancolie,

mais je ne veux pas tomber dans le spleen

qui me pétrifie et me cloue au lit.

Je préfère l'idéal de mes rêves

multicolores et fantastiques,

alors je cours pour que le bourdon

ne me rattrape pas.

Bzzz bzzz.

Me voilà joggeuse, moi qui me moquais

de ceux qui ont trouvé une passion soudaine

pour la course,

dès les premiers jours du confinement.

Mais peut-être se sont-ils tous mis au jogging

pour fuir le bourdon !

Confinement jour 40

Joyeuse Quarantaine

Waouh, qui aurait cru possible de confiner,
pendant 40 jours,

le peuple le plus râleur de la planète ?

Et pourtant, nous fêtons aujourd'hui
notre quarantième anniversaire !

Je nous félicite — à quelques exceptions près —
quel talent !

Bravo à celles et ceux qui ont réussi à ne pas trop casser les oreilles de leurs voisins.

À cuisiner autre chose que du pain et des gâteaux.

À prendre soin d'eux.

À s'enquérir de la santé de leurs proches.

À découvrir un autre sport que le jogging.

À n'avoir ni mangé leurs plantes ni trop arrosé
leurs animaux de compagnie.

À avoir compris que se nourrir de pangolin en
hiver et de fruits qui sont cueillis à plus de
5000 km est une aberration !

À ne plus regarder de haut, celles qui courbent
l'échine sur des caisses enregistreuses.

À se rendre compte que l'on n'a ABSOLUMENT
pas besoin du dernier Smatphone XQZ

qui nous rend de plus en plus stupides !

Il ne reste plus qu'à accepter les hauts et les bas.

Ne plus fuir les coups de blues,
mais les sublimer par la création.

Accepter les choses que l'on ne peut changer
pour retrouver le calme.

Et utiliser tout ce temps qui nous est donné
pour en sortir grandis, sereins.

Car aujourd'hui ne se vit ni hier
et encore moins demain.

Je lève mon verre d'eau (surtout sans javel) et à votre bonne santé !

Confinement jour 43

La nuit est une île

La nuit est une île

et je nage pour rejoindre son rivage.

Chavirée de la journée remplie de cris,

de douleurs et d'incertitudes.

La nuit me prend comme je suis,

dans mon costume natal,

avec mes peurs et mes questions,

ne m'en pose pas.

Elle m'accepte comme je suis

et ne me juge pas.

Toi, couleur de nuit,

tu m'accueilles sans un mot

dans tes bras chauds et sensuels.

Ton regard suffit,

je comprends que tu me protèges d'un sourire.

Tu es mon soleil dans cette nuit,

la chaleur qui t'accompagne ne me brûle pas,

elle me réconforte.

La nuit est à nous.

Confinement jour 45

Agitateurs

Mélangez avant de presser, n'utilisez que des agitateurs en plastique ou en bois, jamais en métal...

Le café du matin ne me rend pas chagrin, au contraire, il booste mon inspiration.

La preuve : je contemplais ma cafetière *Bodum*,

dans un état d'hypnose avancé.

Je lisais et relisais cette phrase :

Mélangez avant de presser, n'utilisez que des agitateurs en plastique ou en bois, jamais en métal...

DES AGITATEURS.

Quel joli mot !

Comme si dans ma cafetière à piston,

il y avait des manifestants

qui agitaient le marc du café.

Probablement en ont-ils marre

de cette société qui les presse ?

Car eux ne sont pas pistonnés !

Agitateurs, je trouve ce mot poétique.

Quelle idée d'utiliser un mot aussi subversif pour demander à ses clients de remuer le café !

Je sors de ma transe et je m'inquiète,

passer autant de temps sur une phrase banale

et en faire une chronique ?!

Ça va pas bien chez moi ?

Je suis à deux tasses de café

d'appeler mon psy !

Mais non, depuis quelques années, ma thérapie c'est l'écriture...

Confinement jour 52

Lux tais-toi !

Avez-vous déjà eu l'air de Freddie Mercury *« I want to ride my bicycle, I want to ride my bike... »* dans la tête jusqu'à ce que cela vous oblige à vous levez ?

Non ?

Eh bien, moi oui ! Ce matin.

Flûte, c'est dimanche quand même !

Un des seuls jours de la semaine où je peux faire la grasse mat' !

— Tu te crois drôle ? Tu peux dormir toute la journée si tu veux, depuis ce satané confinement. C'est toi qui choisis de te lever aux aurores pour écrire tes conneries !

— Comment ça des conneries ? Tu n'aimes pas mes chroniques ?

— Ouais, bon. Allez c'est gentil, mais en attendant tu délaisses tes romans, dont la suite de #Love(ly) Story, où **Moi**, **Lux Racine**, attends patiemment dans un coin poussiéreux de ton cerveau que tu daignes t'occuper un peu de moi. J'en ai marre d'attendre. La patience n'est pas mon fort !

— Oui. Eh bien, ma chérie, il va falloir attendre encore un peu, car j'ai commencé deux autres projets, dont un pour un concours en septembre et celui-ci m'accapare beaucoup.

— Pfff ! Être dépendante d'une auteure, quelle plaie !

— Et lorsque l'un de tes personnages te parle, c'est une partie de plaisir peut-être ?

— Ce n'est pas de ma faute si ton cerveau ne s'arrête jamais !

— Oui, c'est vrai ma chérie. C'est d'ailleurs pour cela que je vais allez méditer. C'est le seul moment où mon esprit n'est pas saturé par des personnages, des chansons, des futures histoires, des idées de promotion pour mes livres, des recettes de cuisine…

— Bon, ça va ! On a compris le topo ! Tu te fatigues toute seule en fait. Je comprends mieux pourquoi tu aimes ce silence dehors, tu n'as pas besoin de bruit supplémentaire !

— Exactement. Alors Lux, tais-toi maintenant ! Il faut que j'aille *ride my bicycle !*

— Pfff, je passe même après un vélo. Quelle ingrate cette auteure !

Note de l'auteure : *pour celles et ceux qui se demandent où retrouver Lux Racine : elle apparait dans les romans, Lovely Planète et #Love(ly) Story.*

Confinement jour 54

La pleine lune m'accompagne

Mes délires, mes angoisses, mes envies,
mes désirs inassouvis, mes folies.
Mes rencontres, mes doutes, mes incertitudes,
ma chair, mon sang, mes tripes.
Tout cela dans mes chaussures
à traîner dans les rues, la nuit,
ne pouvant m'abandonner au sommeil.
Quelqu'un me suit,
il me cherche, me désire.
Mais moi j'aime ma solitude.
Elle m'habille et me protège.
Mes pas avalent le bitume,
mes questions se bousculent et coulent.
Les rues défilent sous mes yeux.

Pourquoi ne puis-je simplement accepter
ce que l'on me propose ?
Pourquoi suis-je si entière,
à la recherche d'un tout,
alors que rien ne m'y oblige ?
Pourquoi n'arrivais-je pas à recevoir
les petits cadeaux de la vie,
sans demander d'explications ?
Besoin de légèreté,
de m'évader de ce carcan.
Casser ce mur qui m'empêche de vivre
pleinement mes désirs,
mes envies les plus délirantes,
et même mes fantasmes les plus inavouables.
Oublier cette emprise, cette ombre qui plane
au-dessus de mon imagination,
qui me lie les poings dans le dos,
qui immobilise mes instincts.
Rompre mes chaînes
et m'enfuir loin de mes bourreaux,
m'enfuir vers Moi.

Confinement jour 55

Déconfinement J-1

J'ai la chance d'habiter un département en zone verte, nous déconfinons demain.

J'ai un peu peur !

Cette nuit encore, le silence ne cohabitait qu'avec le bruissement du vent dans les arbres.

Tout était si calme,

ce calme particulier juste avant la tempête.

Mais demain ?

Les barbares vont être relâchés !

Ceux qui passent leurs nerfs en appuyant sur le champignon.

Ceux qui conduisent en téléphonant ou qui téléphonent en conduisant, on ne sait jamais.

Ceux qui ne savent pas s'exprimer sans hurler, pérorer, injurier.

Ceux qui te collent dans les transports en commun ou dans la rue,

qui pissent partout pire que des chiens,

et qui se pensent rois du bitume.

Ceux qui te bousculent sans s'excuser, l'échine courbée sur leur téléphone pas si smart,

le cerveau aspiré par ce trou noir virtuel qu'est internet.

Ceux qui ne ramassent les crottes de leurs chiens seulement lorsque quelqu'un les regarde.

Et, en général ceux, à l'incivilité crasse, qui prennent la planète pour un dépotoir !

Ceux-là même vont être relâchés demain matin.

Ils ne m'avaient pas manqué.

Alors résidents des zones rouges, ne soyez pas si impatients !

Profitez de ces derniers moments de civilité retrouvée.

Et merci à la pandémie d'avoir apporté un peu de distanciation physique.

De nous avoir fait retourner dans notre bulle,

de nous avoir réapprit à respecter notre espace vital.

D'avoir eu (un peu, beaucoup, passionnément, pas du tout ?) la patience de ne rien faire.

Simplement en écoutant le calme revenu et nos battements de cœur, car oui nous sommes vivants.

Demain, nous déconfinons, mais serons-nous vraiment moins cons ?

Déconfinement jour 6

MASCULIN / FÉMININ

Un lecteur après avoir lu ma chronique « déconfinement J-1 » m'a dit que j'étais trop virulente.

Il s'est peut-être senti visé, en tant qu'homme, car les noms et pronoms que j'ai utilisés sont au masculin pluriel et notamment *« Les barbares vont être relâchés ! Ou encore ceux qui te collent dans les transports en commun ou dans la rue, qui pissent partout pire que des chiens, etc. »*.

Mais d'où vient cette règle sexiste au possible, qui veut que le masculin l'emporte sur le féminin, même si l'on parle d'un seul homme et d'un milliard de femmes ?

Au 17ᵉ siècle, pour des raisons fort lointaines de la linguistique, on considérait que le genre masculin était plus noble (!!!) que le féminin à cause de « *la supériorité du mâle sur la femelle* » dixit, entre autres, le grammairien Nicolas Beauzée. Tout ou presque part de là, et c'est encore aujourd'hui que, dans les écoles on apprend aux petites filles, comme aux petits garçons, que « le masculin l'emporte sur le féminin ».

Malheureusement, dans beaucoup d'esprits, cela fait des dégâts et se répercute au quotidien et donne encore de beaux jours au patriarcat et à ses dérives violentes et inégalitaires.

Alors il ne faut pas se plaindre, aujourd'hui, que le pluriel soit masculin même lorsque les propos sont virulents. Depuis quelques années, il y une tentative d'écriture inclusive, c'est-à-dire non sexiste, qui a pour objectif premier : « la parité homme/femme dans la langue française ». Cela pose problème à certains masculinistes qui trouvent cela inutile, mais également à l'Académie française* qui, il faut le rappeler, est constituée à une écrasante majorité d'hommes.

Alors au lieu de se plaindre aujourd'hui que le pluriel soit masculin, ne vaut-il pas mieux nous battre, ensemble, pour l'égalité homme/femme !

* <u>Académie française et écriture inclusive</u>

Remerciements

Un immense merci à celles et ceux qui ont pris le temps de me lire, jour après jour, pendant ce confinement. D'avoir commenté, de m'avoir envoyé des messages d'encouragement. Merci aux lectrices et aux lecteurs internationaux, car vous m'avez lue dans de nombreux pays et j'en suis ravie. Si ces chroniques vous ont plu, n'hésitez pas à en parler autour de vous.

À ma sœur qui a toujours la patience de relire mes textes,

À ma mère qui surmonte son aversion d'internet pour me lire ;)

Merci à Nina pour son amitié et ses précieux conseils,

Au Club des Indés de m'avoir accueillie parmi eux,

À Fateah Issaad pour sa fidélité et son grand cœur.

Portez-vous bien ☺

Mes romans et recueils de nouvelles :

LOVELY PLANÈTE *(roman voyageur et initiatique)*

Qu'est-ce qui unit une ado enragée, un clochard Sans Désir Fixe, un entrepreneur névrosé ou encore une mère de famille prisonnière de son quotidien ? Tous ont eu entre les mains la sagesse venue d'Inde : le Livre de Wakanda-Adhita. Il se passe comme un témoin au-delà des frontières. Il est déclencheur d'une vie meilleure. Des personnages flamboyants se croisent dans un univers multicolore où tout est permis.

#LOVE(LY) STORY *(roman sous forme d'un journal intime)*

Lux Racine a presque 18 ans, une volonté et une rage d'aller à contre-courant, de suivre son propre chemin et ses idées. Elle est graffeuse, vit dans un squat à Paris et tient un journal intime. Elle rejette la société de consommation, est en colère contre le monde entier. Un jour, elle rencontre Hesper. C'est le coup de foudre. Ils vont essayer de s'aimer à travers leurs différences, au gré de leurs nombreux voyages. Mais Lux va se rendre compte qu'il n'est pas facile d'être en couple lorsque l'on est solitaire et indépendante.

PERCEPTION *(recueil de nouvelles)*

Avez-vous déjà essayé de sniffer de l'encre pour écrire un best-seller ? Vous êtes vous déjà mis dans la peau d'une paire de chaussures ? Paris qui devient plus verte que ce que l'on peut imaginer ou encore l'histoire d'une disparition. Ce recueil de 4 nouvelles explore les perceptions extraordinaires. Ce que l'on voit est-ce vraiment la réalité ou un autre monde que l'on ne soupçonnait pas ?

PRENDS SOIN DES ÉTOILES *(roman, un road trip émotionnel !)*

Suite à un choc insurmontable, Ilsa, une avocate trentenaire, décide de tout quitter. Elle veut disparaître. Avec l'aide d'un ami d'enfance et d'une organisation mystérieuse, elle change d'apparence et efface d'internet tout son historique personnel.
Elle part à pied à travers l'Europe et la Russie, pour une errance sans retour, qui la conduira dans les montagnes de l'Altaï, à la recherche de ses racines familiales.
« Prends soin des étoiles » est un roman sur la résilience et la force de vie en chacun de nous.

VANILLE-BLEUE *(recueil de nouvelles)*

Vanille-Bleue est un recueil de sept nouvelles. Venez découvrir l'histoire rocambolesque d'une orange qui voulait voir la mer, de Câline qui rêve de se produire sur scène à Las Vegas, d'un poisson rouge nommé Géant-Vert et de Lux Racine le personnage principal de #Love(ly) Story qui vient rendre visite à son auteure. Des histoires fantastiques, drôles et inattendues où la perception des choses et des êtres n'est pas toujours celle que l'on imagine.

Vous trouverez tous les liens pour acheter mes romans et recueils de nouvelles ci-dessous :

https://linktr.ee/MirelleHDB

En commande dans toutes les librairies et si vous souhaitez une dédicace vous pouvez m'envoyer un email à cette adresse :
lovelyprojets@gmail.com

Bonne lecture et à bientôt pour de nouvelles aventures…
http://www.mirellehdb.com

J'écris aussi des biographies sur commande. N'hésitez pas à me contacter pour un devis, je m'adapte à toutes les histoires de vie et à tous les budgets ☺

©Tous droits réservés octobre 2020